PAGES

D'ALBUMS

DE

J. VEYRASSAT

Dessins et Aquarelles

MODERNES

Appartenant à Divers.

7 DÉCEMBRE 1903

Mᵉ Léon TUAL
Commissaire-Priseur.

M. Paul ROBLIN
Expert.

PAGES D'ALBUMS

DE

J. VEYRASSAT

Dessins et Aquarelles

MODERNES

Appartenant à Divers.

Œuvres de : Beaumont, Delacroix, Detaille,
Devéria, Géricault, Grandville, Lami,
Millet, Rousseau, Troyon, etc.

Dont la Vente aux enchères publiques aura lieu
Hôtel des Commissaires-Priseurs, rue Drouot, n° 9
Salle n° 10

Le Lundi 7 Décembre 1903

A DEUX HEURES

Commissaire-Priseur		*Expert*
Me Léon **TUAL**		M. Paul **ROBLIN**
56, Rue de la Victoire, 56		65, Rue Saint-Lazare, 65

EXPOSITION PUBLIQUE

Le Dimanche 6 Décembre 1903, de 1 heure et demie à 5 heures et demie.

CONDITIONS DE LA VENTE

Elle sera faite au comptant.

Les acquéreurs paieront *Dix pour cent* en sus des prix d'adjudication.

Tous les dessins et aquarelles provenant des albums de J. Veyrassat sont timbrés des initiales

L'Exposition mettant le public à même de se rendre compte de l'état et de la nature des dessins, aucune réclamation ne sera admise une fois l'adjudication prononcée.

DÉSIGNATION

J. VEYRASSAT

1. — **Deux têtes de Chevaux.**

   Très fine aquarelle. Signée et montée en broche.

2. — **Le Maréchal-Ferrant.**

   Très fin dessin à la plume et au lavis.

3. — **Le Chélif à Orléansville.**

   Aquarelle.

J. VEYRASSAT

4. — Retour du marché.

Aquarelle.

5. — La mère Parfait.

Crayon noir. Signé : J. V. 54.

6. — Un faucheur.

Crayon noir. Signé : J. V. 54.

7. — Canards.

Crayon noir et aquarelle.

8. — Foire aux chevaux en Normandie.
Cour de ferme à Viry-Châtillon.

Deux dessins à la plume et à la mine de plomb.

9. — Vues de Grandcamp.

Trois dessins à la mine de plomb.

J. VEYRASSAT

10. — Baignade de Chevaux.

Très fine aquarelle.

11. — Retour de la Promenade.

Mine de plomb et aquarelle.

12. — Rue Kléber à Alger.

Plume et crayon noir rehaussé d'aquarelle.

13. — Récolte du varech.

Mine de plomb rehaussé d'aquarelle.

J. VEYRASSAT

14. — Femmes de Saint-Jean-de-Luz revenant de
la Fontaine.

Aquarelle.

15. — Plages et Bateaux.

Trois dessins à la mine de plomb.

16. — Feuilles d'étude : Anes, Chevaux, Poules,
Laveuses, etc.

Trois dessins à la plume.

17. — Paysans Bretons.

Trois dessins au crayon noir.

18. — Brigasse (Piémont).

Trois dessins signés et datés : Carmes, 51.

19. — Curés de campagne à cheval ou à âne.

Trois dessins à la plume et à la mine de plomb
dont un est rehaussé d'aquarelle.

J. VEYRASSAT

20. — Cavaliers arabes à la Fontaine.

Mine de plomb.

21. — Le Repos du Gendarme.

Mine de plomb.

22. — Femme et fillette sur un âne devant la porte
d'une Chaumière.

Crayon noir. Aquarelle.

23. — Chevaux sur le Bac.

Aquarelle.

J. VEYRASSAT

24. — Marché de Chevaux à Boufarik.

Crayon noir, rehaussé d'aquarelle.

25. — Chasse dans la baie de la Somme.

Chevaux au pré. (Deux études).

Trois dessins à la plume et à la mine de plomb.

26. — Un M. qui lit l'Art d'aimer ; — (de Paris à Fontainebleau).

Peintres assis ou couchés dans la forèt de Fontainebleau. (Deux études).

Trois dessins au crayon noir.

27. — Ferme de Samoreau.

Vue de Franchard.

Mare de Franchard.

Trois dessins à la mine de plomb.

28. — Cour de ferme.

Attelage au bord d'une rivièe.

La Rentrée des foins.

Trois dessins à la plume et à la mine de plomb.

J. VEYRASSAT

29. — Cour de ferme.

Mine de plomb.

30. — Attelages sur un bac.

Plume et aquarelle.

31. — Deux chevaux à l'abreuvoir.

Aquarelle.

32. — Arabes sous la tente à Boufarik.

Crayon noir et aquarelle.

J. VEYRASSAT

33. — Cour de ferme.

Mine de plomb.

34. — Retour des champs.

Mine de plomb, rehaussé de gouache.

35. — Paysannes allant au marché.

Récolte du varech.

Moisson sur les falaises.

Trois dessins, crayon noir et mine de plomb.

36. — Chevaux à l'abreuvoir.

Passage du bac.

Une laveuse.

Trois dessins à la mine de plomb.

37. — Route de Village.

Cabane au bord de la mer.

Chevaux au pré.

Trois dessins à la plume et à la mine de plomb,
dont un rehaussé de lavis et de sanguine.

J. VEYRASSAT

38. — Attelages auprès d'une meule de blé.

Aquarelle.

39. — Chargement de moisson au Puy-de-Dôme.

Mine de plomb.

40. — Cour de ferme.

Aquarelle.

41. — Arabes prenant le café.

Mine de plomb.

J. VEYRASSAT

42. — Plaine de Samois.

Charrettée de foin.

Retour des champs.

Trois dessins à la mine de plomb.

43. — Station devant l'auberge.

Chevaux à l'abreuvoir.

Attelage au bord de la mer.

Trois dessins à la mine de plomb.

44. — Clocher de Samois.

Buveurs attablés.

Passage du bac.

Trois dessins à la plume.

45. — Cheval à l'écurie.

La Foire de Ste-Catherine à Fontainebleau.

Pêcheur à la ligne.

Trois dessins à la mine de plomb.

46. — Chevaux de bateaux.

Peintre au bord d'une rivière.

Une laveuse à Hérycé.

Trois dessins à la plume et à la mine de plomb.

J. VEYRASSAT

47. — Chargement de moisson, avec attelage de
bœufs.

Mine de plomb.

48. — Marchand de Chevaux à Boufarik.

Plume et mine de plomb.

49. — Quatre Chevaux à l'Abreuvoir.

Aquarelle.

5o. — Conducteurs de Bateaux attablés.

Très fin dessin à la mine de plomb.

J. VEYRASSAT

51. — Etudes de chevaux.

Récolte de varech.

Attelages de bœufs.

> Trois feuilles d'études à la plume et à la mine
> de plomb.

52. — Vieux berger.

Femme de Saint-Jean-de-Luz.

Etude d'âne.

> Trois dessins, crayon noir et mine de plomb.

53. — Le Pansage.

Etudes d'âne et de poules.

Chevaux buvant.

> Trois dessins à la plume.

54. — Au Haras du Pin.

Accessoires d'écurie.

Attelages de bœufs.

> Trois dessins à la plume et à la mine de plomb.

55. — Chevaux buvant.

Cour de ferme à Sivry.

(Deux études différentes).

> Trois dessins à la mine de plomb, rehaussés
> de plume.

J. VEYRASSAT

56. — Charrettée de blé.

Aquarelle.

57. — La femme au puits.

Plume et mine de plomb, rehaussé de couleur.

58. — Attelages au bord d'une rivière.

Plume.

59. — Baignade de Chevaux.

Mine de plomb.

J. VEYRASSAT

60. — Piqueur et Valets de chiens.

Chevaux sous un hangar.

Etudes d'ânes.

Trois dessins à la mine de plomb retouchés
à la plume.

61. — Scènes d'Algérie.

Quatre dessins à la mine de plomb.

62. — Rendez-vous de chasse.

Chasse au perdreau.

Chiens de chasse.

Chiens d'arrêt.

Quatre dessins à la plume.

63. — La dernière Gerbe.

Boucherie à Samois.

Le Repos.

La petite fille et l'âne.

Quatre dessins à la mine de plomb.

J. VEYRASSAT

64. — Vue de Samois.

> Mine de plomb, rehaussé de crayons de couleur.

65. — Femmes de Saint-Jean-de-Luz à la fontaine.

> Plume et mine de plomb légèrement rehaussé de couleur.

66. — Pâturages à Pourville.

> Mine de plomb, signé et daté 63.

67. — Cour de ferme à Montigny.

> Aquarelle.

J. VEYRASSAT

68. — Chevaux à l'Ecurie.

Chevaux de Bateau.

Récolte du Colza.

Chevaux au bord de l'eau.

Quatre dessins à la plume.

69. — Fontaine de Saint-Jean-de-Luz.

Feuille de Croquis.

Chevaux de bateaux.

Attelage de bœufs.

Quatre dessins à la plume et à la mine de
plomb.

70. — Baignade de Chevaux.

Arabes en Vedette.

Une plage.

Chevaux à l'abreuvoir.

Quatre dessins à la plume.

71. — Attelage auprès d'une mare.

Cheval devant l'écurie.

Le Repos.

Charrettée de bois, (Forêt de Fontainebleau).

Rentrée des foins.

La dernière gerbe.

Six dessins à la plume.

J. VEYRASSAT

72. — Chevaux de halage.

Très fine aquarelle.

73. — Etudes d'Anes et de Chevaux.

Mine de plomb.

74. — Retour des champs.

Plume.

75. — L'amateur de melon.

Mine de plomb.

76. — Récolte de Pommes de terre, feuille d'étude.

Crayon noir.

J. VEYRASSAT

77. — Chasse en Algérie.

Crayon noir rehaussé de couleur.

78. — Trois Faucheurs, feuille d'étude.

Crayon noir.

79. — Retour de la forêt, Paysans portant du bois mort.

Plume et crayon noir.

80. Chevaux de hallage.

Mine de plomb.

J. VEYRASSAT

81. — Buveurs attablés.

> Très fin dessin à la mine de plomb.

82. — Récolte de Pommes de terre.

> Crayon noir.

83. — Faucheurs d'avoine.

> Mine de plomb.

84. — Feuille d'études : Fillette assise, Vieille femme tenant un enfant, Faucheur, Vieux Berger.

> Plume et crayon noir.

85. — Sous ce numéro, il sera vendu par lots environ cinq cents dessins et croquis de J. Veyrassat.

Dessins et Aquarelles
Modernes

Appartenant à Divers

ANONYME

86. — La laitière et le Pot au lait.

Aquarelle gouachée.

Haut. : 13 cent. ; Larg. : 20 cent.

87. — Un violoneux.

Très fine aquarelle.

Haut. : 24 cent. ; Larg. 17 cent.

BEAUMONT (Edouard de)

88. — Allah Kerim ! Les femmes sont chères.

Crayon rehaussé. Signé et dàté 47.

Haut. : 9 cent. ; Larg. : 13 cent.

BEAUMONT (Edouard de)

89. — Deux femmes pour un mouchoir,

Crayon rehaussé, signé.

Haut. : 9 cent. ; Larg. 13 cent.

90. — Ça promet.

Crayons de couleur, signé.

Haut. 16 cent. ; Larg. 21 cent

BOISSELAT

91. — Le Général Le Fèvre, an 6ᵉ de la République.

Crayon noir. Signé et daté 1829.

Haut. : 20 cent. ; Larg. : 17 cent.

BONINGTON (R. P.)

92. — Marines et bateaux.

Sept dessins à la plume.

CHASSERIAUX

93. — Jeune femme allaitant son enfant.

Plume.

Haut. : 29 cent. ; Larg. : 21 cent.

CLERMONT-GALLERANDE (A. DE)

94. — Une chasse sous Louis XV.

Plume, signée.

Haut. : 44 cent. ; Larg. 63 cent.

95. — Rendez-vous de Chasse.

Plume, signée.

Haut. : 39 cent. ; Larg. : 59 cent.

COESSIN

96. — Le Réveil.

Crayons noir et blanc.

Haut. : 35 cent. ; Larg. : 43 cent.

COUR

97. — Portrait d'homme.

Très fine aquarelle, signée et datée 1831.

Haut. : 17 cent. ; Larg. : 14 cent.

DAVID (JULES)

98. — Soumission de guerriers, sujet pour illustration.

Sépia, signée.

Haut. : 9 cent. ; Larg. : 14 cent.

DECAMPS (Attribué a)

99. — Oriental couché à côté d'un âne.

> Crayon noir rehaussé de blanc, sur papier gris.
>
> Haut. : 28 cent. ; Larg. : 38 cent.

DELACROIX (Eug.)

100. — Etude de lion.

> Crayon noir sur papier végétal. Cachet de la vente du maître.
>
> Haut. : 17 cent. ; Larg. : 21 cent.

DESGOFFE (Al.)

101. — Paysage avec troupeau de moutons.

> Sanguine, signée.
>
> Haut.: 24 cent.; Larg.: 31 cent.

DEVÉRIA (Achille)

102. — Portrait de femme en pied.

> Très beau dessin à la mine de plomb, signé.
>
> Haut.: 49 cent.; Larg.: 37 cent.

103. — Portrait de jeune femme.

> Mine de plomb. Signé de l'initiale D. et daté : Le 22 août 1832.
>
> Haut.: 20 cent.; Larg.: 16 cent.

N. 102. — A. DEVÉRIA.

DETAILLE (Ed.)

104. — Garde national mobile appuyé sur son fusil.

Plume, signé et daté 1880.

Haut.: 20 cent.; Larg.: 12 cent.

105. — Soldat Bavarois.

Lavis rehaussé de gouache. Signé et daté
Décembre 1870.

Haut.: 20 cent.; Larg.: 10 cent.

DORÉ (Gustave)

106. — Etude de prêtres.

Crayon noir et estompe, signé.

Haut.: 45 cent.; Larg.: 37 cent.

FORTUNY

107. — Feuille d'étude.

Plume.

Haut.: 24 cent.; Larg.: 15 cent

GIRODET

108. — Combat entre un Français et un Arabe.

Pierre noire, rehaussée.

GERICAULT (Tʜ.)

109. — Feuille d'étude de six têtes d'hommes.

Mine de plomb.

Haut.: 18 cent.; Larg.: 19 cent.

GRANDVILLE (J.-J.)

110. — Distribution de récompenses aux forçats.

Plume. Cachet de la vente de l'artiste.

Haut.: 13 cent.; Larg.: 11 cent.

111. — Têtes grotesques.

Deux dessins à la plume.

Haut.: 10 cent.; Larg.: 12 cent.

GRANDVILLE (J.-J.)

112. — Souvenir d'omnibus. Joli choix d'époux pour demoiselles.

Plume, signée.

Haut.: 19 cent.; Larg.: 12 cent.

GUILLAUMET (G.)

113. — Kabyles labourant.

Crayon noir. Signé.

Haut.: 34 cent.; Larg.: 52 cent.

GUYS (C.)

114. — Rue mal famée à Alger.

Aquarelle gouachée.

Haut.: 20 c.; Larg.: 31 cent.

HÉDOUIN (Ed.)

115. — Etude de femme et de main. — Etude de page.

Deux dessins pour " Le Petit Jehan de Saintré ", crayon noir rehaussé sur papier bleu.

HERVIER

116. — Types de Paysans.

Plume et aquarelle, signée et datée 1870.

Haut.: 14 cent.; Larg.: 10 cent.

HESSE

117. — Portrait du maréchal Bertrand.

Sépia.

Haut.: 15 cent.; Larg.: 12 cent.

HEULLANT (A.)

118. — Danseuse.

Crayons de couleur.

Haut.: 60 cent.; Larg.: 43 cent.

LAFENESTRE (Gaston)

119. — Paysage avec animaux.

Plume et estompe, signé.

Haut.: 20 cent.; Larg.: 28 cent.

LAFFITTE

120. — Scène de combat du Vaisseau le Vengeur.

Sanguine.

Haut.: 18 cent.; Larg.: 23 cent.

LALAISSE (Hyp.)

121. — Défilé de troupe Musulmane.

Mine de plomb, signée.

Haut.: 9 cent.; Larg.: 14 cent.

LAMI (Eug.)

122. — Défilé de cavalerie.

Mine de plomb et aquarelle.

Haut.: 22 cent.; Larg.: 30 cent.

123. — Banc des ministres et des clercs à West-
minster.

Mine de plomb aquarellée.

Haut.: 22 cent.; Larg.: 17 cent.

LEBAS (H.)

124. — Paysage.

Aquarelle ovale, signée.

Haut.: 13 cent.; Larg.: 17 cent.

LEPIC (Baron)

125. — Marine.

Aquarelle signée.

Haut.: 24 cent.; Larg.. 33 cent

MARVY (Louis)

126. — Plage d'Yport à marée basse.

Crayon noir. *Yport, septembre 1843.*

Haut.: 10 cent.; Larg.: 22 cent.

MARCEY (Fréd.)

127. — Paysage avec animaux.

Aquarelle.

Haut.: 14 cent.; Larg.: 22 cent.

MILLET (J. F.)

128. — Lutte et enlèvement.

Plume.

Haut.: 13 cent.; Larg.: 25 cent.

129. — Paysage.

Aquarelle signée de l'initiale **M**.

Haut.: 10 cent.; Larg.: 23 cent.

MONNIER (Henri)

130. — Intérieur Bourgeois.

Plume et aquarelle, signée : *A Mène. Henry Monnier, 26 Janvier 1875.*

Haut.: 10 cent.; Larg.: 17 cent.

MOREAU DE TOURS

131. — Profil de femme nue.

Crayon noir, signé.

Haut.: 25 cent.; Larg.:21 cent.

PERRASSIN (A.)

132. — Sémiramis.

Crayon noir rehaussé d'aquarelle, signé.

Haut.: 32 cent.; Larg.: 23 cent.

PIGAL

133. — Maçons.

Sépia. Signé : *Pigal, Naples, 1827.*

Haut.: 20 cent.; Larg.: 13 cent.

PREAULT (Auguste), statuaire

134. — Groupe de danseurs.

Plume. Signé.

Haut.: 50 cent.; Larg.: 30 cent.

PRUDHON (P. P.) ?

135. — Etude de femme nue.

Crayon noir rehaussé de blanc.

Haut.: 17 cent.; Larg.: 11 cent.

RAFFAELLI (J. F.)

136. — Chanteuse au café concert.

Plume, rehaussé de gouache. Signé.

Haut.: 18 cent.; Larg.: 30 cent.

N° 133. — PIGAL

RAJON

137. — Portrait de femme.

Beau dessin au crayon noir, rehaussé de pastel.

Haut.: 33 cent.; Larg.: 26 cent.

ROPS (Félicien)

138. — Vue de Thozée, propriété de F. Rops en Belgique.

Crayon noir.

Haut.: 15 cent.; Larg.: 22 cent.

SCHEFFER (Ary)

139. — Costumes de croisés.

Plume et aquarelle.

Haut.: 17 cent.; Larg.: 22 cent.

SERGENT

140. — Episode militaire.

Plume et lavis rehaussé. Signé et daté 1875.

Haut.: 20 cent.; Larg.: 38 cent.

SWEBACH-DESFONTAINES

141. — Paysage avec cavaliers.

Plume, signé.

Haut. 31 cent. ; Larg. 52 cent.

ROUSSEAU (Tʜ.)

142. — Paysage avec attelage de bœufs.

> Charmant dessin à la plume et au crayon noir.
> Signé des initiales.
>
> Haut.: 12 cent.; Larg.: 25 cent.

143. — Plage de Normandie.

> Crayon noir. Signé des initiales.
>
> Haut.: 11 cent.; Larg.: 17 cent.

STEVENS (J.)

144. — Cour de ferme.

> Aquarelle.
>
> Haut.: 34 cent.; Larg.: 24 cent.

TRAVIÈS (C.-J.).

145. — Costumes de Modes.

> Plume et sépia, signé de l'initiale T. et daté
> 1829.
>
> Haut. 15 cent. ; Larg. 19 cent.

146. — Insurgé de 1848.

> Mine de plomb, *dessiné de la main gauche* et
> signé.
>
> Haut. 23 cent. ; Larg. 15 cent..

THIÉNON (Louis).

147. — Colporteur espagnol.

> Crayon noir rehaussé de pastel, signé.
>
> Haut. 41 cent. ; Larg. 30 cent.

TROUILLEBERT

148. — Source de la Bouzaise.

> Plume et crayon.
>
> Haut. 14 cent. ; Larg. 18 cent.

UHDE (Fred.).

149. — " Voilà le Joueur d'Orgue ".

> Dessin au crayon noir, d'après son tableau,
> signé et daté 83.
>
> Haut. 26 cent.; Larg. 43 cent.

TROYON

150. – Vaches au paturage.

> Crayon noir rehaussé d'aquarelle. Signé des initiales.
>
> Haut. 16 cent.; Larg. 21 cent.

VALERIO

151. – Pâtre hongrois de la Pusta Fegyvernek.

> Belle aquarelle signée : *Valerio 1856. Anvers.*
>
> Haut. 47 cent.; Larg. 28 cent.

VAN LOON

152. — Ecoliers hollandais à la promenade.

> Aquarelle signée et datée 1840.
>
> Haut. 18 cent.; Larg. 26.

VAN LOON (P.).

153. — Schokland.

Aquarelle signée et datée 1840.

Haut. 15 cent.; Larg. 19 cent.

VERNET (Horace)

154. — Circassiens à la chasse. Sujet d'illustration.

Sépia rehaussée d'aquarelle.

Haut. 11 cent. ; Larg. 20 cent.

YVON

155. — Zouaves au repos.

Plume et lavis.

Haut. 44 cent.; Larg. 32 cent.